贾　岩◎著

不种瓜果种春风

BU ZHONG GUAGUO
ZHONG CHUNFENG

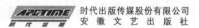

时代出版传媒股份有限公司
安 徽 文 艺 出 版 社

图书在版编目（ＣＩＰ）数据

不种瓜果种春风/贾岩著. —合肥：安徽文艺出版社,2019.3
（2022.7 重印）
ISBN 978-7-5396-6575-7

Ⅰ．①不… Ⅱ．①贾… Ⅲ．①诗集－中国－当代
Ⅳ．①I227

中国版本图书馆 CIP 数据核字(2019)第 024907 号

出 版 人：姚 巍
责任编辑：宋晓津　　　　　　　　装帧设计：褚 琦
···
出版发行：安徽文艺出版社　www.awpub.com
地　　址：合肥市翡翠路 1118 号　邮政编码：230071
营 销 部：(0551)63533889
印　　制：山东百润本色印刷有限公司　(0635)3962683
···
开本：880×1230　1/32　印张：5.5　字数：100 千字
版次：2019 年 3 月第 1 版
印次：2022 年 7 月第 2 次印刷
定价：49.80 元
···

前　言

朋友圈的兴起带来了一个意外收获,我们和失联多年的老同学大都重新取得了联系。

在高中班级群里我很少发言,但我会认真浏览同学们兴致勃发时的聊天内容,这让我第一次注意到贾岩——原谅我这么说,仅仅同窗一年,泾渭分明的男女生座位排列,使我没有机会结识后排的很多男同学,不论他是帅气逼人还是才华横溢。

从我的角度看,他反应极快,机智而幽默,也很能体恤别人的心情,顾全大局,有他参与的聊天,多是趣味盎然,且不会冷场的。有这样的谈天之道,我以为不论同性或异性,都可以成为很好的小伙伴。此后,我从同学们的聊天中渐渐了解到,此兄事业有成,在合肥经营一家科技类公司,口碑与效益俱佳。我心生敬意。再然后,我就借一次同学聚会的机缘,将这位牵头人加为了"好友"。

我看到,他写诗,以古体诗的方式——虽然我这个伪文青已多年没怎么提笔,但对于文字的浓厚兴趣和鉴赏力尚存一二——逐一看下去,触动很大。首先是他坚持不懈的态度让我汗颜,要知道20年来我也一直想以某种特定方式来记录见闻和感想,但没有哪种尝试坚持到底了。其次,他对人、事、物细致入微的观察已不是浮光掠影,可谓能看他人所不能看,能感他人所不能感,他很像一个挖掘者,试图于日常生活中探索深邃幽暗之境,他笔下真是包罗万象,涉之成趣。当然最值得称道的,是他文字的朴实清新、用典的不拘一格和几乎每首诗中都能透露出来的乐观达命的精神,境界绝非愤世嫉俗、顾影自怜之类的文艺青年可比——他能于雨后人迹罕至的空山感受到独享山林的乐趣,能于万物衰落的深秋看见累累硕果,能于寂寥萧条的寒冬安享梅香与一畦蔬菜带来的满足,能于秋霜、冬雪扑面而来时仗剑而立、微笑相迎,能于你我常见的困厄与逆境中随遇而安、苦中作乐,这种俯拾皆是的胸怀、气象和随性不仅为我所欣赏,且是我们很多人所匮乏的。

就这么静静欣赏着,间或给他点赞,并不点评。突然有一天,贾岩同学找我来商议把诗文结集出版的事儿。我正不遗余力地表达我的赞同,他提议——能不能麻烦小静姐给每篇诗文加一段注解,我担心自己这些并不严格遵从格律的古体诗过于单薄,想请你来帮我丰盈一下意蕴。我的瞬时反应是力有不逮,急着打退堂鼓,但架不住贾同学的抬举和诚意,犹豫再三决定陪他一搏,以自己有限的水平助他编写一本无愧于我们自己的书,自然,我们也期望它对得起读者。

说到这里,你大概会质疑我是谁呢?贾岩为什么会找到我?

我曾经是一个杂志记者、编辑,大学毕业的头几年凭借一技之长和一腔热情辗转于杭州、上海、北京的几家媒体,在特定领域略获认可。只是,10多年前,我放弃了这一切,只身去到上海,开启另一种职业生涯和生活模式。

离开北京来到上海,始于我认识到身心都在动荡中剧烈起伏的生活并不适合我。江湖叵测,人心复杂,在激烈竞争中仅凭凡事力求简单的愿望,而不肯讨好、迁就、妥协甚至牺牲,获得安逸就是个幻想。或许有人通过不断地挑战实现了张扬个性、满足欲望、成就自我等等人生梦想,而我显然做不到。与其长年纠结于能否两全,不如承认我果真不能融入那种熙来攘往的生存环境。

在谈到职场不得志的李白同学时,贾岩劝谏谪仙人"身间常佩三尺剑,何不自辟用武地",真适合说与当时的我听。好吧,我就来个转身,不是退而求其次,也不是以退为进。而是抬眼看到世界之缤纷,选择之多样。

当不再执拗于处理个体与社会、人与人之间的关系时,我的神经立刻不那么局促紧张了。与此同时,我的富余时间可以容我一探究竟,原来人间不是只有人和人群密布的城市值得倾情关注、值得躬身为它忙碌啊。在上海十二年我的大部分时间用来行走在家和工作地之间,平时把洒扫庭除、做饭洗碗、种菜养花当成娱乐来做,长假则会随同家人远行几次,游山玩水,自在而快乐。诚如贾岩所说:"心静四体勤,庭前也逍遥。"

贾岩所描述的人间万象也是我得享"闲趣"的焦点,江河湖海,山川峡谷,朗月清风,一草一木,一花一叶,一鸟一虫,一饭一粟,一茶一酒……世上时刻陪伴在我们身边、能够愉悦我们身心的事物,真是不胜枚举呀。它们一样有生命,但大多不言不语,不争不抢；虽然也有荣枯、有盛衰、有高下，但终归不会跟你起情感、利益冲突，不会无端让你觉得有什么无形的力量在左右着你。到大自然中去散散步，呼吸一下新鲜空气，精心培育一棵植物，品尝一杯新茗，下厨做一餐饭，写一页字，画一幅画，当为这些可以美化、丰富生活的小事投入时间和精力，你不觉得是在浪费，你就真"赚"到了，这是一味追求他人认同和物质利益所不能带来的满足和享受。

周作人在《北京的茶食》中写道："我们于日用必需的东西以外，必须还有一点无用的游戏和享乐，生活才觉得有意思。我们看夕阳，看秋河，看花，听雨，闻香，喝不求解渴的酒，吃不求饱的点心，都是生活上必要的——虽然是无用的装点，而且是愈精炼愈好。"

贾岩与我，走过大相径庭的生活道路，但在这一点却达到了默契和共识。我们不敢自诩这是抓住了生活的本质和真谛，可至少我们都从中感受到了内心的平静与愉悦，我们也期待这次结集出版的文字能够带给你一点启迪，让你拥有更多寻求生活乐趣的途径。

李小静

目　录

辑三　四季诗情

辑四　诗与远方

辑五　诗寄友人

辑六　读书杂想

辑一 诗话人生

闹市吟

人来车往行匆匆，
身居闹市心难空。
腹中长留一亩田，
不种瓜果种春风。

注解："种瓜得瓜，种豆得豆"原为佛教语，意为种什么得什么，对人对己概莫能外。置身于快节奏的当代社会，有很多人不惜殚精竭虑，去换取物质利益的充裕，却忽略了物质以外的精神追求。我则希望自己"于日用必需的东西以外，还有一点无用的游戏和享乐"，活得洒脱淡然一些，以换取一个内涵丰富的精神世界。

田园老家

陌上秋风至，
草黄麦苗青。
夜半闻犬吠，
鸡鸭闹天明。

  注解：被钢筋水泥框住自由的现代人，对大自然总怀着深深的向往，我更甚之。我出生在皖北乡下，十几岁离家求学，此后很少回去。今年暮秋返乡，举目大平原，秋草虽已枯黄，但麦苗正焕发着勃勃生机，所见充满希望。夜半闻得几声狗叫，更显乡村之夜的宁静。天刚蒙蒙亮，鸡鸭早已出笼，争相觅食。这等田园风光我曾司空见惯，于今观之格外安逸恬淡，感谢故乡犹在。

初冬周末在家闲吟

水静池鱼悠，
隔树鸟纷哗。
暖阳低绮户，
心安即是家。

注解："家"是什么？随着阅历渐增，"家"的概念在我的认识中不断被刷新。家是安身的地方吗？好像不仅如此，可安身之处太多了，异乡的高级酒店、朋友的豪华别墅，都只是暂时的容身之地。只有能令人心安的地方才是真正的"家"，而唯有心安才能通大道，谓之心安理得。

登　高

烟雨渺渺风萧萧，
极目山巅青未了。
欲见层林醉秋色，
推云拨雾须登高。

注解：我在不适合登山的恶劣天气攀到山巅，极目远眺，秋色一览无余。虽已深秋，但山依然青翠，层林尽染之景象令人胸阔气爽、如痴如醉。很多事情即使到了叶黄木枯的境地，依然还大有希望。生活亦如此，困难越大越具有挑战性，勇于冲破困难，背后定有惊喜。

打篮球

周末气爽一场球,顿觉通体三分透。
突破燕子点水过,上篮大鹏展翅勾。
三步跃起篮筐震,一记妙传应声投。
人生无处不乐趣,篮球亦可交朋友。

注解:体育运动中我最爱篮球,学生时代曾因打球耗时过多
而殃及成绩,但迄今仍乐在其中,热情未减,还练就了"勾手上
篮"的独门绝招。我挥洒在篮球场上的每一滴汗水都变成了收
获——健康的身体,爽朗的性格,团队精神配合度极佳的朋友,
最难得的是奔跑在运动场上酣畅淋漓、自在如风的感受。

2017 中秋

——团圆胜月圆

中秋不是忆嫦娥，
我家自有美娇娘。
莫畏浮云蔽白日，
天涯何处不月光！

注解:中秋赏月、吃月饼已经成为习俗,如果天公不作美,中秋碰到阴雨天,赏月不成的人们势必会非常失望。然而,中秋节的要义不是团圆吗? 家人团聚、家庭和美远胜赏月的乐趣。

大暑观蝉

赤日白云映长空，
朝起闲来观蝉声。
风凝气燥鸣更悠，
平平仄仄仄平平。

　　注解：林语堂先生说，"精神和自然融为一体"，景物与人心，一静一动，互相映衬、互相呼应乃至融合，主观情意和客观物境构成一个流动的空间，就会形成一种让人回味、让人沉湎的意境。我特意赶在酷暑的火热天气去聆听蝉清脆悠扬的叫声，在抑扬顿挫中感受它诗一样的韵律，大约就是为自己火样的热情寻求一个和大自然亲密相融的诗境吧。

无　题

夏尝鲜果秋饮霜，
真情实悟铸文章。
平生未曾长大过，
吾心一直在成长。

注解：王国维的《人间词话》说："能写真景物、真感情者，谓之有境界，否则谓之无境界。"我也特别推崇这个"真"字，想告诉我的女儿，长天大地之间，生长着万物和人，天地山川的巨变、万物草木的生长、人的命运变迁和四季的细微变化，我们都看在眼里，心灵也随之产生波动，要记录下心随万物波动而产生的真情实感，从而像不停变化的四季一样，在不断地学习和积累知识的过程中，实现心智的不断成长。

高烧吟

烧起无力身难动，
抽筋折骨钻心痛。
欲借神器驱病魔，
挥棒变身孙大圣！

注解：发高烧，整个躯体无一处不酸痛，四肢乏力，神思涣散，什么工作都做不了，真是心有余而力不足。我对病去如抽丝的常识心知肚明，但这时候还是渴望能借来什么神器一下子驱走病魔，立刻像孙大圣一样驾起筋斗云翱翔万里。

三十七岁生日有感

生来臭皮囊，
日月交辉忙。
快如白驹过，
乐享追风狂。

注解:这是一首闲来所作的祝自己生日快乐的藏头诗,虽有光阴飞逝如电的感叹,也不乏只争朝夕追逐时间的乐趣在其中——既然谁也不能让指针停留半秒,那就不如乐观面对时间流逝,并勉力为人生创造快乐。

三十八岁生日有感

时光如梭日如电，
岁月静好一碗面。
今日迈入三十八，
吾将再磨一把剑。

注解：小时候过生日，奶奶都会大早上送来两个热乎乎的煮鸡蛋；现在过生日，家人则会准备一碗盛满爱意的长寿面。岁月匆匆，深情绵绵，不管是煮鸡蛋还是长寿面，都在激励我矢志不渝，勇敢前行。

写给自己的四十岁

岁至不惑近四十，
稀里糊涂过生日。
凡事未看三分透，
我之不惑是不知。

　　注解：儿时对大人充满了崇拜之情，觉得四十岁的大人无所不能。不知不觉中，我也到了虚岁四十的年龄了，但是对很多事情我依然懵懂，依然困惑，只能怀抱着这颗永远好奇的心，去不断探索这个奥妙无穷的世界了。

十一长假小院偶感

独坐小院养精神，
诗书漫卷皆故人。
满屏颜色看不见，
脂粉养眼诗养心。

注解:年少时好组局喝酒,自视"铁哥们"遍天下,对古人"人生得一知己足矣"的说法不以为然。然而,随着时光流转,对何谓朋友认识日深,慢慢不再热衷于制造和围观喧哗。闲暇时也想看看娱乐节目,但对当下满屏"小鲜肉"的做作形态又不屑一顾。也许有人会满足于养眼就好,我还是借诗书来养养心吧——通过诗书,能够与先贤们博古铄今,能够吸取教训,增长见识,益处不一而足。

秋　吟

风卷稻菽万重浪，碧空如镜映花黄。

浓墨绘出千秋色，且看，草木着彩入画廊。

最是一年好风景，试问，缘何悲秋上西楼？

自古多情亦多苦，须记，人若无心便无愁。

　　注解：拟【定风波】新韵。人之所以欢喜忧愁，是因为内心对所见所闻的感受，谓之"物以我化"。鉴于此，生活中一向乐观豁达的我很希望自己触景生情之际，传达给大家的都是阳光明媚、积极向上的正能量。

　　纵观古往今来人们笔下的秋，多与愁苦脱不开干系，那是他们本身太多情，心里装着太多事的直观反应。而在我眼里，中秋就是一幅浓墨重彩的美丽画卷，不是牵惹出离愁别绪等伤感心境的导火索。

立秋有感

浓睡不知秋来

一扇清风惊梦

酒消顿作精神

舒筋骨

气爽极目远

叶落山自清

我心乘明月

即刻再启程

注解:"二十四节气"流转、"四季轮回,春耕秋收",几千年来,中国人对自然规律的精准把握和谦恭顺应都让我心生敬意,同时也激发了我对季节变化敏感度的培养。此诗作于立秋当天,一觉醒来突见万物染上秋意,顿感人间换了气象,而我也不能老蛰居家中,应该出门来趟远行了。借此想说人要随性一些,随性到可随时来一场说走就走的旅行。

小院偶感

提壶把酒桂花间，
清风一盏我一盏。
坐怀伸手揽明月，
醉里诗胆大如天。

　　注解：诗人多爱饮酒，他们借酒来表达自己丰富而复杂的情感世界，以酒抒情，借酒言志，许多脍炙人口的千古佳作都是酒后兴起之作。我深知自己才疏学浅，不敢与大诗人们相提并论，平时也很少动笔，怕拙作贻笑大方。但我也确是好酒之辈，独饮之后更爱借着酒劲一抒心中感慨，一展胸中豪情。

小院春趣

桃红李白菜花黄，
池鱼悠悠蜂蝶忙。
小院从不负春色，
诗情何必去远方？

注解：春暖花开之际，桃红、李白、菜花黄，花间有蜂蝶在飞舞，池中有鱼儿在畅游，一个小院的几处角落就可以把春色一网打尽。周末静坐院中，即可尽享春天的美好，何必再去寻找远山和原野中的诗情画意？只要心中有春色，大地处处皆春色。

诗与酒

人生不惑须尽酒，
孤寂总在繁华后。
醉里万语更何诉？
诗是红颜解千愁。

注解：在历代文人的精神世界中，酒已是他们的精神寄托，是催生文字的酵母。我还将酒视作提神醒脑的良药，如果你有什么想不通，建议你也喝点酒放空大脑，借以解惑。只是喝酒时虽推杯换盏，好不热闹，却难以消除酒后随之而来的孤独感。"借酒浇愁愁更愁"，曲终人散后，孤寂感肆意蔓延之时，解忧的最好办法当属写上几句。

观巢湖

碧水云天一线开，
湖天无垠小我才。
文章何须枉推敲？
豪情洒尽诗自来。

注解：站在巢湖边上，放眼广阔湖面，远方云、水、天连成一
线，一望无际。在这种浩瀚无边的自然之美面前，不禁感叹造化
神奇，幻想能以有限的笔墨将其描摹极尽。虽不能至，但由衷感
谢大自然如浩渺湖水般，给人取之不尽的创作素材和灵感，正是
"清风明月不用一钱买"。

无　题

四年一觉庐州梦，
赢得知府薄姓名。
朽木不才烧火旺，
蹇驴拉磨赛飞鸿。

　　注解：这是用来自嘲的一首诗，是我来肥工作四年被评为合肥市第八批专业技术拔尖人才后的感想。前两句是借名家名作对我个人经历的一种调侃，后两句是通过亲身经历来说明一个道理——一个人只要定位好了，也能很好发挥自我价值。我虽朽木一块，不能成大材，但用来烧火，其燃烧的旺势也会超过其他能成大材的木头；就算不是千里马，是一头跛驴，拉起磨来也赛过翱翔天空且有远大志向的鸿鹄。

山林偶感

闲听空山百鸟鸣，
长短高低和其声。
做人当显真本色，
行事应在角色中。

注解：百鸟叫声各不相同，但静听依然和谐悦耳，没有纷乱感。我不免揣测，每只鸟在鸣唱时肯定不是只放任自己的个性，而是应和着其他鸟，共同演奏出一曲优美动听的交响乐。由此我联想到做人，在生活中要活出真我本色，但在社会上、工作中配合他人之时，却一定要明确自己的角色定位，该做什么才能做什么，而不是以彰显个性为己任，肆意妄为。

练书法

年假早来时，
凡心如竹空。
难得一人静，
独练基本功。

注解：为了能让大家过个好年，公司提前几天放了假。放假后一个人来到平时热闹非凡现在却一片寂静的办公室，被强烈的氛围反差刺激到了，顿感心空如竹，好不失落。但转念一想，一年中也难得有几天这样安闲的时光，不如趁此机会静下来好好练习一下书法基本功。引申开来，人要学会因势利导，在具体环境中调整心态，寻找能充实自己的乐趣。

品春茶

惠我明前芽,静品春色鲜。
水在泥土里,人居草木间。
香绕天地中,神定气宇轩。
一盏清汤尽,何须问仙丹?

注解:中国人饮茶,特别注重一个"品"字。"品茶"不但能鉴别茶的优劣,还带有神思遐想和领略饮茶情趣之意。在百忙之中拿出朋友所赠的明前茶,用紫砂壶沸腾水冲泡,择雅静之处,自斟自饮,新茶如春色般的新鲜,清香弥漫于天地与唇齿间。诚可以消除疲劳、涤烦益思、振奋精神,一杯饮尽,连仙丹的功效都要黯然失色了。

中秋思月

中秋云遮婵娟，
黑了天涯人间。
广袖弄轻舞，
孤栖寒宫谁看？
玉兔，玉兔，
美人悔吞仙丹！

注解：拟【如梦令】新韵。嫦娥之美，世人皆赞，但身处广寒宫的她与人间隔着遥不可及的距离，世人唯仰视得见其影而已。

又逢万家团圆的中秋，黑云遮蔽了天空，我们无法望见那轮满月，嫦娥动人的舞姿亦无人欣赏。此刻，我对美人孤栖寒宫心生置疑，世俗中人还是要食人间烟火，唯此才能享受生活之乐。换言之，没有了生活的乐趣，就算成了仙又如何呢？

雨后登山

秋雨绵绵无绝期，
路边流水自成溪。
独享空山湿林静，
偶感清风凉几许。

　　注解：秋季多雨，雨连绵不绝不放晴，会觉得整个城市和你的身心都被笼罩在潇潇秋雨中，烦闷倍增，只好趁雨停间歇外出爬爬山，透透气。沿着山路行走才发现，雨真的下了很久了，路边积雨成溪。而雨中登山的人数量骤减，偌大的空山湿林仿佛被我独享一般。清风徐来，细雨清凉，拂过面庞，心旷神怡的同时也顿悟，只要心态放好，何时何处不得生活的真趣？

初秋有感

暑已过,风即凉,
池鱼翔,叶未黄,
草木又激昂。
自古叹秋多悲凉,
我道此时胜春光!
春华去,待秋实,
辽阔胸襟放眼量。
朱颜可随四季改,
心似韶华万年长。
须深秋,
定与江天竞风霜!

　　注解:夏末秋初,草木从早春的鲜嫩,经过了整个酷暑的蓬勃发展,一直历练到秋天抵达丰厚醇熟,呈现出一个色彩和果实铺天盖地而来的不亚于春光的秋色。事实上,一年四季,春生夏长,秋收冬藏,各有各盛,我们不必因为秋有寥落冬有枯萎而感到悲哀。当然,四季有轮回,人生也有离别、相思、生命仓促、年华凋零等等不可避免的忧伤,何妨告诉自己,就算时光能改变容颜,也不能让心衰老,我们当勇于迎接未来不可测的一切,哪怕是深秋的风霜。

深秋冷月夜

岁近十月中,秋深花更红。
白霜映冷月,寒芒照青松。
重色伴美酒,孤影共长空。
人生何尽欢?独享醉朦胧!

注解:蒋勋在《孤独六讲》的自序中写道:我渴望孤独,珍惜
孤独。好像只有孤独,生命才可以变得丰富而华丽。于我来说,
也有类似的渴望,也有很多时刻把孤独当成享受进行品味,比如
深秋之夜,冷月白霜,青松红花,一人独对长空自斟自饮,再与心
灵来一番自我对话。

冬 吟

三春繁景君需记，
秋风过后谢芳华。
桃李不解寒霜意，
冬在梅梢挂月牙。

注解：人生如四季，青春年华的美好总是让人留恋，可惜谁的青春都逃不过秋风的洗礼。人生不能只贪图青春的美好，勇于面对岁月更迭，才能享受到每个阶段的独特之美。而不能像桃李一样，春天明艳美丽，到了冬天便悄无声息。你看，冬天里，一弯月牙照在幽香四溢的梅花上，难道不也是一种宁静、和谐的美吗？

岁末抒怀　2017 不再见

天色茫茫　雾蒙蒙

寒气笼苍穹

夜未央

落叶寂梧桐

流光弄疏影

韶年易逝　华发渐生

年末醉后夜归人

再与十八不相逢

应笑我　太多情

稽首一樽酒

还酹明月与长空

今朝待酒醒

天不老

苍茫大地会披雪冰

丹心未变斗气迎

手执长剑

战烈风

注解:刚刚参加完一个年终聚会,众人四散后,我一个人走在寒气笼罩、夜雾弥漫的大街上,醉眼里是路边枝叶零落的梧桐,心有悲慨——又是一年过去,年届不惑的自己再也回不到二八年华了,伤感之余,举杯敬向长空,祭奠一下逝去的青春吧。待到次日清晨酒醒,看到朝阳初升,万象更新,不免暗笑自己昨晚酒后太多情,岁月滚滚向前乃是不可抵抗的自然现象,何必为它哀伤? 只要心不老、气不衰即可从容面对世间轮回。

2018 元旦有感

今夕皎皎月，
元旦夫如何？
千古挂芙蓉，
万世人蹉跎。

注解：又是一年元旦时，朋友圈里再度被各种对时光流逝的感叹、各种新年愿望的表达、各种寓意丰富的美好祝愿刷屏，但是谁都阻挡不了时间的脚步一往无前。唯有这轮明月亘古不变，美若芙蓉，静默不言，于苍穹之上俯瞰着众生。而月光照耀下的人们，在一代一代的更迭中，完成了千秋万代的转换。

二 一七

登山远眺,暮阳夕照,漫野残雪。

岁末接年初,层林肃静;鸟鸣声脆,更怅寥廓。

二〇一七,经历未知,仍对将来好奇多。

屈指数,人生不过百年,不应蹉跎。

三千六百日,忧愁多半相仿欢乐。

岁月不饶人,匆匆而过;日月如电,时光如梭。

不忘初心,砥砺前行,我也定不饶岁月。

君须记,共创好年华,二〇一八。

注解:拟【沁园春】新韵。年末雪后初晴,登高远眺,心生几分"子在川上曰,逝者如斯夫"的感慨。生命固然美好,但时光如奔腾的黄河水般一去不复返。人的一生再长,也不过匆匆百年,势必要活得充实且有意义,因而需对生活、对世界时刻怀着好奇心,不断探索,不断追求。辞旧迎新之际,我愿以满腔热情去挑战岁月的流逝,誓不负年华。

生与命

人既非神仙,常与鸟兽平。
立命先安身,衣食和住行。
碌碌而有责,生当为营营。
闲趣寄雅志,命里满诗情。

注解:《道德经》里说,天地不仁,以万物为刍狗。通俗的说法即是,天地对万物一视同仁,不对谁特别好,也不对谁特别坏,一切随其自然发展。比如人和鸟兽皆有天赐的生老病死,但我觉得同为宇宙苍生,人和鸟兽存在着本质上的不同。

那就是人的生命由生与命这两个概念构成。生是物质的,指人这副需要借助物质去养活、满足的躯体,如衣食住行、七情六欲等。而命是精神的,是除了物质而外的精神追求,它丰富了,命才能精彩纷呈。具体到现实中,我们在勇于承担工作、获取家庭物质所需的同时,也不必困于钱财,应该有点"无用"的闲情雅趣,以丰富精神生活。

人如果没点精神追求,则无异于鸟兽了。

过 年

春融雪消年悄至,闲看城里街空。车无喧鞭炮无鸣。旧俗换新风,夜阑听风声。

家家门前满祝福,期盼心想事成。平生不求大富贵。心静得自然,寻趣过一生。

注解:拟【临江仙】新韵。现如今每逢过年,城里人都会感叹往日人声鼎沸、车马喧嚣的都市变成了空城。

往年都回农村老家过年的我,今年第一次留在城里感受传说中的"空",果然是人稀车少,加之城中不允许燃放烟花爆竹,整座城呈现出难得一见的安宁、寂静。人们在这种宁静的氛围中,以各种传统形式准备迎接新春佳节,能看到家家门前所贴的对联,大都写着财运亨通、好运连连的祝福语,可我倒不想祈求大富大贵,只希望此生能活得丰富、有趣一些。

除　夕

年复一年年又年，年年岁岁守今天。
万代江山一时新，千秋伟业几人还？
山鲜海珍不足味，绸缎绫罗何尽欢？
常恨无处觅年趣，百姓烟火醉人间。

　　注解：以前年年春节回老家，年都是由父母来操办，自己全无切身体会。而今年头一回作为家长带着孩子们留在城里过年，办年成了义不容辞的责任。为了让孩子们能在中国最盛大的传统节日体味到更多年趣，我们全家齐上阵，进行了大扫除，将家布置一新，买了各色年货，动手做年夜饭，张贴春联、看春晚，忙忙碌碌中突然对"年"有了全新的感悟。什么是年啊！岁月随着一个又一个除夕的到来在不停消逝，一代代江山、豪杰随着除夕更迭成为历史长河中的过往。但是，在这一晚，古往今来的炎黄子孙都在做同样的事情——守岁，不论贫富，不论身份，大家在这一天全部化身为一员普通百姓，尽情享受一个充满烟火气息的年——挂起大红灯笼、围坐吃年夜饭、收发压岁钱……

叹花词

绿叶无情送春归，
残香满地知为谁？
他年我若沦为花，
嫁与清风不用媒。

　　注解：通常枝繁叶茂、花果成熟之际，就是鲜花枯萎、残败之时。看到盛极一时的芳菲随着春的离去凋零满地，不禁扼腕。与其落土为泥，倒不如乘着徐徐清风一起去远方云游呢。"花开堪折直须折，莫待无花空折枝"。人生何尝不是如此？也当趁着青春年华大胆去追逐梦想。

清　明

细雨长　细雨蒙
断魂烟云是清明
年年与君逢
花带泪　草含青
此节最是思亲浓
春色知人情

注解:拟【长相思】新韵。"清明时节雨纷纷,路上行人欲断魂",记忆里好像每年上天都会如此刻意地安排,为世人营造出一个从眼前所见到心中所感都弥漫忧愁、哀伤的氛围,勾起人们对已故亲人永无尽期的深情和思念。

我

我在花间坐，
不知谁是我。
在云亦在月，
相酌我与我。

　　注解:有一种孤独,不是悲伤,也不是没有朋友,是一种自我
享受。品味这种孤独的一种方式就是,把我化身为几个我,云里
一个,月里一个,花间一个,然后"我"们相饮成酣……

虾一口

虾一口　酒一口
小龙本应天上有
肉肥爪壳瘦
花一季　菜一季
岁岁相见无相异
时光流水细

　　注解:拟【长相思】新韵。雕塑大师罗丹曾说,"不是生活中
缺乏美,而是缺乏发现美的眼睛和感受美的心灵"。的确,倘若
你是个有心人,时时可感受到大自然赐予我们的无处不在的美。
　　小龙虾作为一种美食在合肥家喻户晓。春、夏两季衔接处,
趁皮薄肉嫩的它刚上市,周末买回家烧上一盆,再佐以两口小
酒,真乃是一种天上人间的享受。而院子里鲜花盛开,刚栽下的
蔬菜也已郁郁葱葱,此情此景每年从不爽约地如期而至,恍如时
光静止。

致青春

且放春梦云水间，
仗剑四海时光斩。
遍洒豪情人不老，
半生归来仍少年。

注解：所谓青春，与其说特指人生的某个阶段，不如说是一种心态。卓越的创造力、坚强的意志、艳阳般的热情、毫不退缩的进取心以及舍弃安逸的冒险心，都是青春心态的表征。

比如我，青春回忆大都和操场、篮球场相关联，逢及学校开运动会或者举行篮球赛，我的激动之情盛于过年。至今，每每重回操场、篮球场还会激情澎湃，浑身来劲，恨不能马上奔跑撒欢，去投上几球，此刻年近不惑的我似被少年附体，总感觉青春刚起步。

故土麦香

徐风来
吹卷麦田千重浪
千重浪
金穗滔滔
一泻青黄
常忆儿时打场忙
碌碌只为奔口粮
奔口粮
流年归去
归来还香

　　注解：拟【忆秦娥】新韵。"麦收"对农民来说是一年一度最重要的事情了。为了收麦，学校放假旅人回归，家家户户皆是老少齐上阵——能拿动镰刀的小孩都得下地割麦，小点的孩子则要不停往返于家和田地之间，用酒瓶子运送凉水给汗流浃背的人们喝。此时正值盛夏，酷热难耐，割麦子的人们通常天刚明就得起，一来天气凉快；二来要趁着露水收割，麦穗潮湿，麦粒不会一触即落。但打场必得在烈日下进行，劳作的人很难幸免于脱下几层皮。即使如此，谁都不希望收麦正逢下雨，一旦下了雨，全家一年的口粮就泡汤了。

　　一晃二十几年过去,儿时热火朝天的麦收场景真正是一去不复返了,所幸怅惘之余,站在一望无际的麦田里,依然能够感受到那时那地的麦香和农忙。

醉花词

五月飞花季,香雪满地盈。
溶溶夜色浑,莹莹星辉明。
临阶开清樽,席花举杯倾,
酒酣拂袖回,与君还梦行。

注解:暮春初夏的五月,夜空中繁星密布,院子里落英缤纷,花香满溢。我情不自禁踏入夜色,席地而坐,一个人举杯畅饮。喝到酣畅淋漓,意欲起身回去休息,却不舍这让人沉醉的夜色、繁星和落花,于是回过头去对着它们说一声,你们如果也惦念我,就走进我的梦境吧,咱们在梦中继续对饮。

偶　感

天地如逆旅，
人生亦有道。
乐做我想做，
非要我所要。

注解：天和地，日月星辰、山川河流的永恒，相对于人来说，就好比是个旅馆。每个人都是这个世界上的过客，人生如一场旅行。悄悄地来，也会悄悄地离去。既然如此，做一些自己喜欢做的事情，好好地享受人生旅途中的风景。不为物质所惑，不强求所得。我想这才是人生的意义吧。

愿

荷红莲子纯，
独羡养莲人。
诗若能养家，
我愿谢红尘。

　　注解：我们身处红尘俗世，难免被各种繁琐缠身。不堪其扰之时，我常常恨不能放下一切手头事务，遁入莲花初生般的清净之地，终日与诗书相伴。如果诗书能养家的话，这样的生活何尝不是乐事。

荷　赞

芙蓉出淤泥，
亭亭水中立。
丈夫心自清，
何惧虫蝇戾?

　　注解:世事纷纭,难以定论,但"清者自清,浊者自浊"。所以,随便别人怎么评说吧,一身清白的人,无需为自己做任何辩解,也无惧众口烁金的可能。

蝉和鸣

蝉和鸣　蛙鼓钟
细波縠纹弄斜风
心动拨弦声
夏花红　柳叶青
纵有世间百般景
我取一处静

注解:拟【长相思】新韵。四时风物在不同心境下观瞻所带来的感受也是大相径庭。大部分时候我可以乐享种种景象所营造的热闹喧哗,但偶尔我也希望能够远离尘嚣,什么也不看,什么也不听。

夜　游

碧水映灯影，
蛙鼓和蝉鸣。
会当载舟去，
野渡借虫萤。

　　注释：匡河是穿越合肥市中心的一条大河，不分昼夜地静静
流淌。在许多个穿梭于匆忙人群中的白天过后，我经常会盼望
着能在夜晚来临之时，架起一叶小舟，顺着这条长河划向远方，
直至远离城市的霓虹，远离尘世的喧嚣，借着萤火虫的微光去
野渡。

池

小池平如镜，
空空照我影。
掬水洗尘颜，
冰爽涤心清。

注释：诗人蒋勋曾说，酸、甜、苦、辣、咸百味杂陈之后，最后出来的味道是"淡"。我们多数人，经历过少年时的叛逆、青壮年时的抑郁不平，慢慢就会追求云淡风轻。就如我某一天在门前小池中偶见的一泓清水，没有波涛汹涌，气势如虹，只安静地躺在那里，明亮透彻，能清晰地照见人影，顿时我感觉从小池里找回了自己——清澈、平静、无尘、心清。

皖北的冬

天,很空很空
没有一片云彩
只漂泊着几只孤鸦
树,很秃很秃
没有一片叶子
只裸露着几个鸟窝
路,很长很长
没有一个脚印
只静静地伸向远方
冬,很静很静
没有一丝喧闹
只飘落几声狗叫
……
我只能用笔勾勒出一个黑白的世界
村头墙根上蜷缩着几位安详的老人
其中就有我的爷爷
双手插进棉袖筒里
凝望着远方
凝望着希望

注释:我出生在皖北平原上,爷爷是典型的皖北大汉。爷爷一生脾气很大,但个性非常鲜明。他一生好像无所畏惧,包括死。他临闭目前,还周到地指挥我们安排他的后事。且不时地跟来给他送别的人开着玩笑。爷爷一生虽然没有干过什么轰轰烈烈的大事业,但在我心目中他是个人物。谨以此诗纪念我的爷爷。

辑二　草木人间

椿　芽

椿芽载春光，
满满春色香。
何以醉春风，
伴酒入我肠。

注解：香椿被称为"树上蔬菜"，它是香椿树的嫩芽，长成于每年春季的谷雨前后，其香味浓郁，营养丰富。

我钟情于椿芽沾染了春天气息的香味，在房前屋后种下很多香椿树。不想同好太多，每年都有邻居捷足先登。我不得不写了一张"告示"——"小小椿芽，生于我家。辛苦栽种，非请勿掐"。邻居们心领神会，这才捍卫了我的口腹之欲。让椿芽伴着酒、载着春风下肚，品尝它春天般美好的味道。

牡　丹

储势严寒破冰封，
一朝春来露华容。
牡丹花开富贵态，
不倾国来也倾城。

　　注解：牡丹，素有"花中之王"的美誉，古往今来其花容月貌
一直被盛赞。为了一睹芳容，我也栽了一棵牡丹，意外观察到了
其成就国色天香的生长过程，深受触动——冬季严寒，牡丹花叶
落尽，只剩秃枝，然而就是这几根枝茎顶霜傲雪，待到冰雪融化，
旋即开枝散叶，吐露生机。

蔷 薇

一院蔷薇何娇娇，
恰是少女腮红潮。
人间有事多纠结，
时光好在花间消。

注解：蔷薇花开，满院绯红，身处花间，流连忘返。想想人生短短几十载，哭着笑着都是一天，又何必为生活或工作中的繁杂之事去纠结呢？多花点时间去面对赏心悦目之物、之事，不是更为快乐的消遣方式吗？

雪　梅

红梅新靓妆，
艳溢雪融香。
皓月明寒夜，
照萤入我窗。

注解:寒冬夜晚,从温暖的房间里,透过窗户能看到串串红梅上堆满皑皑白雪。明月照耀下,积雪反射出的寒光幽如萤火,却亮如白昼。此时,渐渐消融的白雪映着盛开的红梅,雪更白,梅更俏,而梅香悄无声息地四处氤氲,真是别有一番风味。

梅　趣

家有一桩梅，
冬燃一段香。
已知新春年来到，
她便开口笑。
婀娜似烛影，
怒放是鞭炮。
妆红无须绿叶衬，
已然花枝俏。

注解:拟【卜算子】新韵。家里买了一棵红梅老桩,岁末,枝头上的梅朵好似预感到年之将至,一串串悄然绽放,香气馥郁。梅桩上,尚在打朵的红梅就像新年即将点燃的红烛,盛开的梅花则似燃放的爆竹,除了明艳娇美之外,也很能彰显喜庆感。都说红花还需绿叶衬,而生在没有一片叶子点缀的老桩上,梅朵和梅花一样美到摄人心魄。

春　梅

闻风让春绿，
和雨卸妆红。
折柳送君别，
明冬再相逢。

　　注解："俏也不争春，只把春来报。"毛泽东主席的《卜算
子·咏梅》写出了梅花美丽、积极、坚贞的一面，一扫往日文人
为梅赋予的那种哀怨、颓唐、隐逸之气。我家里这桩梅也是如
此，它已经为我们装饰了整个寂寥的寒冬，但当万紫千红开遍
时，俏丽的它却不掠春之美，在一场春雨后红花落尽，发出嫩芽，
默默为我们送来春的讯息。这种精神着实感动了我，为之感叹
惋惜之余，也只能黯然相送，期待明年冬天再相逢了。

蜡梅（一）

叶孤瘦影长，
月高浮暗香。
最能解冬语，
迎冰自花黄。

注解：冬天，以其严寒冷冽而被喜温的一众鲜花弃绝，唯有瘦枝上和稀疏几片叶子做伴的孤梅，纵是顶着暴风雪也在微笑盛开，冷月夜里四处浮动着梅的暗香。这不仅是梅有铮铮铁骨的写照，还印证了它是真正能理解冬天、陪伴冬天的冬之挚友。

蜡梅（二）

午后庭院寂，
忽闻扑鼻香。
严冬谁作声？
寒梅笑风霜！

注解：有文字记载的几千年来，梅花以其暗香沉醉过一代又一代文人墨客，而它烂漫在万物寂寥的冬季，更是为其平添了无与伦比的魅力。

小院桃花开之桃之夭夭

两树桃花一院春，
灼灼芳华香断魂。
醉饮树下等桃来，
我本花间桃仙人。

注解：花开四季，各有各美，也自有人乐于欣赏它们的美。于我，冬赏梅，春看桃，只因它们是相应季节的标志性观赏植物，像时钟报时一样，提醒着人们季节的轮回。

桃树种下三年始开花，兴奋之情溢于言表。民间传言，桃木可以驱妖避邪，给它罩上了挥之不去的仙气。我虽身为凡间一俗子，却也幻想着花树下能和仙人神交一番，力求悟得生活的真知。

小院摘桃之桃色可餐

我本树下一酒仙，
桃花酿中醉百天。
今生捧得仙桃来，
只观桃色便可餐。

　　注解：小院里两株桃树从开花到结果再到桃子成熟，让我这个"酒仙"翘首以待了百天有余，等色香味俱佳的桃子出现，自然是喜不自禁，不吃也心满意足了。人言醉翁之意不在酒，而我的等待也显然不为品尝果实，就是为了果熟蒂落的这一刻。

栀子花

不与牡丹争花王，
冰洁如玉世无双。
幽幽清芬弥久远，
敢为天下第一香。

注解：与栀子花生得清丽优雅形成鲜明对照的是，无论在林缘、庭前、街隅、路旁，栀子花都可以怡然自得地散发着幽幽清芬，从未呈现娇弱之态，也不与群芳斗妍。这等坚强意志、不俗风骨就显露了它美貌之外更值得赞许的一点——品格高尚。李白《赠孟浩然》诗曰"高山安可仰，徒此揖清芬"，清芬即指一个人高尚的道德品格。

君子兰

（一）

君子贵语迟，
兰花始盛开。
巢州到庐州，
伴我近十载。

（二）

兰可惠人心，
春来发五籽。
千金都不换，
当以赠君子。

注解：成家后养过不少花木，但因为当年疏于精心关照，大都没能成活。唯独朋友送的一株君子兰几经遗弃，却能够在根都枯萎之后再度吐露生机，活出新气象，让我不得不由衷赞叹此花确有君子气概。

小院闲情七首

之一

团花暗送一段香，
小酌清风二三两。
除却世尘多少事，
神仙羡我入画廊。

之二

花红鸟归处，
风清蝉鸣幽。
只在小院里，
一静观三秋。

之三

花开似明眸，
月眉如弯钩。
月恋花仙子，
未语人先羞。

之四

品香小院里，
饮翠草木间。
常寻四时乐，
只耽一味闲。

之五

轻衣夏来迟，
小院正春深。
鱼嬉池水悠，
花开撩人心。

之六

游途景色闹，
闲来弄花草。
心静四体勤，
庭前也逍遥。

之七

月光流疏影，
清辉映桃绿。
一花开五色，
平添十分趣。

注解:老舍在《我的理想生活》中描绘了一个对现代都市人来说如梦幻般美好的"大院子",我从没有刻意效仿,但大抵源于情趣相通,小果小树、不珍贵而昌茂多花的花草、一只花猫、一个鱼池在我小院也"齐活"了。如此,在四季轮回、晨昏交替里,我的小院不只"春有百花,秋有月,夏有凉风,冬有雪",加上忙完一天的工作后再回来打理照料小院的花草鱼虫,或于闲暇时安坐在小院的树荫下,闻着花香,泡一壶茶,温一壶酒,陪家人朋友聊聊天、叙叙旧、带孩子做做作业、玩耍一会儿,真是从无闲事挂心头,逍遥自在,乐而忘忧。

桂　花

闲时花是树，
秋来树开花。
众魁芳菲尽，
我香千万家！

注解：桂花虽生而为树，但其花清可绝尘，浓能远溢，不啻花中一绝，它还选择怒放在众芳摇落的仲秋时节，颇有不随波逐流、人云亦云的个性。这个性也突显了它的美——每当丛桂怒放，浓香飘散到我们足迹所至的每个角落，无人不知、不迷醉、不受益。

秋　菊

独立寒秋傲霜红，
我自蕊香无蝶蜂。
擢秀吐艳会有时，
任尔春夏与秋冬。

注解:黄巢有诗"待到秋来九月八,我花开后百花杀。冲天香阵透长安,满城尽带黄金甲",让菊花的个性充满了自我实现的欲望和腾腾杀气,但我眼中的菊花却傲视秋霜,不受蜂蝶骚扰,自有隐者风尚。借以隐喻,才华早晚都会有施展的空间,都会被人察觉并认可。

春　茶

春露一杯入口喉，
几番沉浮几度秋。
年年腹有春色饮，
何怨青丝变白头。

注解：经历了一个冬季的休养生息后，再加上初春的适宜温度和充分雨量，茶树就会萌发出茶芽肥硕、色泽翠绿、叶质柔软、滋味鲜爽的"春茶"，令我等爱好尝鲜之人于开春即不惜代价去搜罗。看着嫩芽在水中飘舞的姿态，闻着它特有的春天般清新甘甜的气息，兀自沉迷。人固然会慢慢变老，但这些嫩芽能让你感受到世界在不断地辞旧换新，轮回之力不可阻挡，从而心也会随之轮回，变得更清新。

雨后小院春色

春风含笑花戴雨，
花不撩人色勾魂。
手植一园春光好，
会当盈手送友人。

注解：一直以来，都是有了好东西不肯独享，总想分给身边
人。小时候可能只是一颗糖、一个玩具，成年后就变成好烟好酒
一桌好菜之类。而随着时光的推移，我渐渐不再满足于仅仅分
享这样物质化的东西，我甚至希望众人与我共享小院的满园春
色，把我于初春所感受到的美好也送给其他人。

雨后桃花初开

春雷一声万物惊，
拂面晨风消酒浓。
小园昨夜经风雨，
吹绽桃花点点红。

注解：住在钢筋混凝土包裹的城市里，家有一个小院子最大的好处就是，能每天和大自然保持最亲密的接触，能对季节的轮回、气候的变化乃至万物的生长有着敏锐的感知。每时每刻，大自然都能给人们带来无穷无尽的美和惊喜。一声春雷、一夜春雨，当我酒尚未醒之时，树上的桃花就突然绽开了。

金粟兰

夏来香自来,
芝兰醉人心。
米花气节重,
缥缈满夏荫。

注解:每一种花都有自己的特质。金粟兰,即使盛放,花朵也小如米粒,没有夺目的光彩,却能在百花争艳、绿烟彩雾的夏日里散发馥郁馨香,清雅、醇和、耐久,令人陶醉。

夏日周末菜园有感

（一）

一树核桃一树枣，
翡翠挂枝碧树高。
小院自有鲜百果，
不去瑶池赴蟠桃。

（二）

一树核桃
两树仙桃
菜田一畦盛
蜜枣一树茂
人有情
地不荒　天不老

注解：一般的花草，只能开花供人欣赏，而果树既能开花亦能结果，兼具观赏和实用价值，所以，种植果树可谓一举两得。几年前刚搬到这个小院时，就在小院空地里种植了几棵果树，有核桃树、黄桃树、枣树。光阴倏倏而逝，如今它们都已开花结果，看着自己亲手种下的果树挂满果实,晶莹剔透如翡翠一般,加之树下菜畦里蔬菜一片茂盛,心中满溢着一种丰收的喜悦。我想这种感觉,非亲力亲为地去做一件事而不能有所体会。

护　桃

嘤嘤小鸟，偷吃我桃。
这帮飞贼，逼我出招。
聪明如我，桃桃带套。
观之窥之，乱飞乱叫。
食之不得，树下我笑。

　　注解：在院子里种下的两棵桃树已经迎来第四个年头。俗话说"桃三李四"，去年桃花初开，只结了三颗桃子。今年桃子挂满了枝头，快成熟时金灿灿、黄澄澄的，十分喜人，也招来了"飞贼"的惦记，一群群的小鸟总想先我一步尝尝桃鲜。于是，我用保鲜袋把树上的每颗桃子都护起来。远远看到那些"飞贼"偷吃不到桃子，急的乱飞乱叫的样子，我不由哑然失笑，实谓吃桃之外的另一种乐趣。

果蔬歌

青青子蔬兮，

硕我田畦。

幽幽花香兮，

沁我心脾。

天之上善兮，

送我清风朗月、瑶池蟠桃。

地之厚德兮，

赠我花香时蔬、嘤嘤鸟叫。

天地知我穷兮，

美色美味一钱都不要。

我之清欢兮，

静享人间真味道。

　　注释：小院里有一方土地，种了一畦菜、几棵果树、数盆花。初夏之时，菜肥、果熟、花香。周末赋闲在家，闻着花香，摘个桃子，不用洗就可以吃，再采一些自己种的蔬菜做饭。既不用花钱，又可放心食用，这便是大自然赐予我最好的享受吧，人生得此清欢，非荣华富贵所能比。

莲

夏雨洗莲清，
莲子荷亭亭。
碧水擎绿盖，
鱼动戏花影。

注释:夏天的雨后,暑气渐消,植物更加郁郁葱葱,生机勃
勃。我眼中最有情趣的莫属夏雨过后的荷塘了,莲叶上水珠似
珍珠,闪闪发亮,绿油油的莲叶,亭亭玉立的荷花,再加上池塘里
游动的鱼儿,都给炎炎夏日平添几分生动的乐趣。

辑三　四季诗情

早　春

朝起卷帘入银海，
庭前细枝一夜白。
不知二月李花放，
疑是阳春雪又来。

　　注解：万物长时间蛰伏于冬季，以至于雪白的李花乍放，我们还以为是雪花又至。"疑是阳春雪又来"和"草色遥看近却无"传达的是同一个意象吧，都是早春时节骤然出现的让人一时难以适应的景象。

初 春

大地回暖草嫩黄，
庭院百花竞芬芳。
桃李不知春风到，
一枝牡丹压海棠。

注解：春回大地，一元复始，万象更新，花草树木等世间万物都在按照固有的秩序静静生长，争而不闹，竞而不乱，欣欣然一派和谐之美。

踏　春

草色蒙蒙醉烟云，
百啭莺歌惊梦魂。
溪头新柳燕子舞，
春风一曲涤心尘。

注解：春的到来带给大地的是万物复苏，是从冬的寂寥到春的生机。在草色如烟、莺歌燕舞的春天里，出来踏青赏景，仿佛堆积在内心深处的尘埃都能被一阵风吹拂得干干净净、清清爽爽。

春　红

绿叶只一种，
花有百般红。
春风会调色，
红与红不同。

注解：春来百花盛开，争奇斗艳，桃花、杜鹃花、海棠花，各有
各红，不禁感慨大自然的鬼斧神工，春天真像一个神奇的调色
板，同是红色却能调出不同的质感来。

春　种

春雨如油润土酥，
正是瓜果栽种时。
桃李何须愁风雨？
一畦菜田四季知。

注解：在城市，院子如今已成稀缺资源，能在院子里开垦一块土地栽种蔬菜瓜果更是奢侈。

显而易见的好处是可以亲手采摘果实，而更大的好处则是，经由这一块土地就能深刻感知一年年季节的轮回，让自己的身心更贴近自然、融入自然。

春　分

群芳争艳会有时，
万物竞择在春分。
红花无须绿叶衬，
照立枝头笑乾坤。

　　注解:春分,无论南方北方,我国的辽阔大地多已进入春意融融的大好时节,杨柳青青,莺飞草长,小麦拔节,油菜花香。但是,当其时还有些植物,叶子尚未发出,花蕾已经绽放,摇曳在春风里,更是别有情趣。

春 归

一夜细雨春归去，
繁花散尽桃子来。
此事天地自有道，
人不惜春花不哀。

注解：有的人，当春天逝去唯见繁花落尽，当秋天来临独视草枯叶败，内心满溢对失去的惋惜和感伤，殊不知，花落之后即将迎来蓊郁的盛夏，叶败之际也是收获果实的开端。此一自然规律也适用于我们的日常生活。所以，不妨永葆一颗平常心，坦然看待所有的成败得失。

夏 雨

夏雨空山净,气清雾色蒙。
玉珠挂叶绿,香露凝花红。
目饱草木翠,耳听涟漪声。
带我游仙境,还来送清风。

　　注解:雨是大自然的精灵,时不时地从天而降,把尘世间的一切污浊洗刷得干干净净。雨无论来自哪个节气,以何种形式降落(烟雨、暴雨),总是会勾起人的无限退思。而我尤其喜欢雨后清新的空气、明净的山涧。雨润过的草木,柔弱动人;雨滴落的水面,涟漪泛起。如此动人美景激起我强烈的好奇心,天上可有比这更美的仙境?我真想遨游天际一探究竟,届时让清风顺道送我回来就行了。

立　秋

暑往山净月更明，
新蝉清于旧蝉声。
少年不识梧桐叶，
便引诗情逐秋风。

注解：大暑一过，很多自然现象已经预示着初秋来临，此时，山更清净，月更明朗，蝉声更清脆，梧桐叶子变黄。后两句是反衬说法，是说那些还没据以上变化意识到秋已到来的人，动不动拿秋风做文章实在是不应该，借此也想告诉女儿，写文章不是胡编乱造、人云亦云，要学会观察生活，抓住特质再下笔。

重阳登高

九九登高日，
夜游大蜀山。
俯瞰庐州城，
化作金玉盘。

注解:在古代,民间有重阳登高的习俗。登高所到之处,没有划一的规定,一般是登高山、登高塔。重阳那晚,我去爬合肥城中的大蜀山。登至山顶,可俯瞰合肥全貌。正值夜晚,满城街灯流光溢彩,加上一栋栋大楼里万家灯火次第亮起,绘出了惊心动魄的美图——整个城市俨然一副巨大棋盘,而闪亮的灯火犹如镶嵌在棋盘上的金银碧玉。

小　雪

小雪冬来早，
悠然拈花草。
一入银海中，
人比花还俏!

注解:在全球气候变暖的大趋势下,雪于我们合肥人来说也成了难得一见的稀罕物,再加上积蓄了将近一年的等待,于冬夜醒来的人,推门看到初雪飘飘洒洒地落在花叶之上,一时心花怒放,忍不住要在雪中取景拍几张照,人在积雪的映衬下似乎也变美了。

品　冬

闻香一树梅，
鸟鸣划长空。
最爱绿菜肥，
静享半日冬。

　　注解:芳华落尽、草木萧疏，万物生灵困于冬眠或迁徙到远方，冬天因而倍显寂静、荒凉，这恰好"亮"了独自盛放、幽幽吐香的梅花，也让天空中偶尔划过的一只鸣鸟自带惊艳感。而院子里，一畦绿油油的蔬菜仿佛能赛过整个盛夏。就这样简单却令人回味无穷的花香、鸟鸣和绿意，能在完全不自觉中消磨半个冬日。

雪

年年冬日盼君来，
一夜瑞雪天下白。
此物一统江山色，
更催男儿展情怀。

注解：中原地区虽年年有雪如约而至，却多年不见一回东北大雪封山的"盛况"，这让中原人士对大雪的渴望与日俱增。2018年年初，一场暴雪突如其来，它不仅满足了老幼妇孺赏雪、玩雪的愿望，还以它一夜之间一统江山的气魄激起男同胞们的万丈豪情。

暴　雪

乱花飞万里，
门泊三尺白。
暴雪似春潮，
不尽滚滚来。

注解:雪片如乱花飞舞,漫卷万里长空,一夜之间门口白雪盈尺。看到这声势浩大的瑞雪,我不禁想到它背后孕育的生机,雪花带来了春的气息,预示着春天的脚步已经近了。

初雪（一）

天寒绿酒暖，
小酌解累乏。
醉眼不识雪，
天女在散花。

注解：雪景绝妙幻化的魅力一年才得一见，因而，每逢初雪纷飞，人们总是欣喜若狂。而我，坐在温暖的家里，烫上一壶酒，一边喝着酒，一边欣赏着窗外漫天飞舞的雪景，以及雪中观雪和玩雪的各色人等。

初雪（二）

雪压梅梢枝头俏，
梅戏雪舞更魂销。
清芬浮动香万里，
有雪无诗不风骚！

注解：雪和梅就好似大自然赐予冬天里的一对鸳鸯，它们的相逢如鸳鸯戏水，给人间增添了无限美好和趣味，也难怪会成为人们钟爱和赞叹的永恒主题。

冬　雪

北风空野树，
寒霜凝春华。
雪来洒银装，
万木齐开花。

　　注解：北方冬天的旷野，万木萧疏，一派荒凉，生机荡然无存。而纷纷扬扬飘落的大雪俨然技艺高超的化妆师，顷刻间为万物披上银装，荒野上的一切都似鲜花盛开，蔚为壮观。

雪　道

天地自有论，
大道归自然。
樟树不落叶，
大雪来裁剪。

　　注解:樟树以其亭亭如盖而成为温暖地区的绿化树种,夏季遮天蔽日,行人好不惬意。然而,当遭遇一场铺天盖地的冬雪时,樟树枝干断裂之声绵延不绝,人行道上一片狼藉。我想,这也许是天道为公的一个体现吧,樟树不落叶,大雪就来帮它裁剪一下。天道即是如此,一切美好都不是永恒的。

野外踏雪

迎冰踏雪痕，
独做画中人。
早莺戏妆树，
红日映雪魂。

　　注解：雪后初晴，旭日东升，独自一人去野外赏景。眼前是
白茫茫一片雪原，脚下是咯吱咯吱踏雪声，早起的鸟儿在银装素
裹的树枝间嬉戏，平整的雪坪上偶有鸟儿觅食时留下的爪痕。
红日照在白雪上映出金子般耀眼的光芒，整个人仿佛置身在一
幅宁静和谐的画卷中。

听　雨

闲来卧听风吹雨，
穿林打叶滴似钟。
细如弦丝大如嘈，
夏雨带乐洗花红。

　　注解:风、花、雪、月、雨,这些自然中的精灵我都喜欢。我经常会一个人驱车到空旷的湖水边,静看雨打湖面泛开的涟漪,静听雨落进湖面激起的声音,或躺在车里欣赏玻璃上瞬息万变的雨痕。夏天下雨,我喜欢躺在院里的大伞下赏雨,夏雨会使空气更加清爽,植物更加青翠,雨滴阶前则如琵琶妙音,此刻很容易联想到白居易《琵琶行》中的名句:大弦嘈嘈如急雨,小弦切切如私语。嘈嘈切切错杂弹,大珠小珠落玉盘。

星　空

夏日清朗夜，
星辰浩如海。
我欲乘风去，
弯月当舟载。

注释：夏季的白天骄阳似火，使人难以出户，唯有夜晚才是
出门乘凉的好时光。夜空很美，浩如烟海，繁星点点。每每仰
望，总想乘风而去，如果能驾起一轮弯月做小船，在浩瀚星辰里
遨游一番该是多么惬意啊。

辑四 诗与远方

漓江赞

青墨天工出漓江，
翠峰碧水梳淡妆。
画中我怕煞风景，
扯下云霞作衣裳。

注解：我从桂林乘船沿漓江到阳朔，一路赏尽漓江山水，觉
得美到不可言说，分明就是天遣能工巧匠以青墨描就，一山一水
都似化了淡妆一样，楚楚动人。突然意识到我自己既已出现在
这幅绝美画卷中，就该有不煞风景的姿态，那就扯一片漓江的云
霞披在身上吧，与美景相映成辉。

醉美桂林

一城山水尽画意，
两江四湖满诗情。
桂花美酒助人兴，
夜赏双塔舟上行。

注解：独特的喀斯特地貌和秀美的漓江及其周围迷人的田园风光融为一体，形成了独具一格的"山清、水秀、洞奇、石美"的"桂林山水"，虽自古以来就有"桂林山水甲天下""江山清绝胜中原"的美誉，但我喝着当地盛产的美酒乘舟于山水间穿行，诗兴逸飞时，还是惆怅古人留下的相关诗篇太少，可能因为广西在古代人迹罕至吧。

中秋游瘦西湖

秋肥西湖瘦，
兴起缓行舟。
会当邀明月，
相酣醉雕楼。

注解：中秋时节瘦西湖畔依然绿柳依依，花木茂盛，我们乘舟于湖上缓行，湖两岸错落有致的亭台楼榭、雕梁画栋纷纷后退，宛如仙境。不期想到徐凝的诗句"天下三分明月夜，二分无赖是扬州"，心驰神往——如果能于这月夜湖边的楼台上，一边赏月一边饮酒该有多好。

醉扬州

五亭宝塔廿四楼，
长街十里尽风流。
万贯金银何足贵，
换我今宵醉扬州。

　　注解："千家有女先教曲，十里栽花算种田""春风十里扬
州路""腰缠十万贯，骑鹤下扬州""二十四桥明月夜，玉人何处
教吹箫"，扬州自古以来就是风流文人云集和歌咏的江南繁华
地。今天我有幸来到这里，酒酣之际生出"痴心妄想"——若能
有机会体验一下古人盛赞的古扬州，就是花费万贯金银也不
足惜。

三亚偶感

山可作笔海作砚，
此处吾心最近天。
余生留做三亚人，
写诗拿来换酒钱。

注解：作为长年见不到大海的中原人士，初到三亚，刹那间就被"碧海蓝天、椰林树影、水清沙白"的盛景所吸引，恨不能当即放弃自己的工作及所有，留下来做个三亚人，纵然是靠写写诗了度余生都行。

海边夜饮

月是美人海是镜，
海上秋月分外明。
海静月移醉望眼，
半遮浮云月弄影。

注解：人间万物亘古不变的为数寥寥，但纵观历史名篇，你会发现普照尘世众生的月亮千万年来在苍穹、在海上、在诗人的眼睛里，皎洁如一、温柔如一、寄托的乡愁与深情如一，是能够跨越时空的澄明美丽意象，任何世间容易速朽的风物与功名皆不可比拟。

夜半时分，在海边饮酒望月，与西湖、秦淮河畔这般喧哗处真是大有异趣。

夜游上海

夜抵沪上享清风，
弄堂故事又一景。
海派应有诗与酒，
圣贤未到我先行。

注解：在漫长的古代，上海似乎很少出现在文学艺术作品
中，当我乘着习习清风徜徉在那些欧式风情不减的旧式弄堂里
时，很自然地将古人不曾好好记载过上海引为憾事——怎么就
被洋文化占领了呢？难道不应该发扬中国文化吗？不论如何，
我既已来到这里，就先留一首诗吧。

游武隆

一入地心进画舫，
疑似残酒在梦乡。
眼前美景道不尽，
行至武隆成江郎。

注解：重庆武隆的天坑地缝，规模宏大，气势磅礴。一入景区恍如入了仙境，景区以峡深壁立、原始植被、飞瀑流泉、急流深潭为特色，玲珑秀丽，风光优美，高山、峻岭、峡谷、流水共同绘就一幅完美的山水画，惹人心醉。我在这里只能自比为才尽的江郎，因为，实在无法以有限的语言去描摹它的美轮美奂。

游西江千户苗寨有感

只闻西江月,不解西江情。
流连野田里,忘返古寨中。
苗人多辛慧,蛮山变美景。
今日告蚩尤,天下大一同。

注解:"只闻西江月",【西江月】是一词牌名,表达西江这个地方如诗般美丽动人;"不解西江情",是说不到西江这个地方来,不能真正领会西江的风情。我想告诉蚩尤,当年你带领族人东拼西杀,战败后,你的族人在蛮山荒野东躲西藏,如今苗汉一家,不再打仗了,你的族人可以安享太平了。

登黄山

（一）

攀山无歧路，
一步一观景。
度尽黄山阶，
登顶我为峰！

（二）

一山夸五岳，
劲松迎天下。
奇峰多险峭，
云中吐莲花。

注解：第一首描写因成功登顶而产生的征服高峰的喜不自胜。第二首是登峰后在光明顶上一览黄山的感慨，"劲松"是"迎天下"的胸怀，"莲花峰"是云中吐艳的雄姿。故而我觉得黄山之所以能敌"五岳"，不仅是因为景色绝佳，更有赖于它的精神内涵。

夜宿秦淮告杜牧先生

秦淮明月当空照，
夫子门前赏花灯。
盛世商女再起舞，
隔江共唱迎春风。

注解：地理位置得天独厚，风水佳境气度不凡，南京作为穿越荒烟蔓草的六朝古都于今依然繁荣昌盛。生逢盛世，夜游秦淮河岸夫子庙的灯会，虽照旧是灯光绚丽人流如织，但联想到当年杜枚写下夜泊秦淮时的凄凉、忧伤，不由得生出时移世易的慨叹。

明堂山

岭峻路险明堂山,
平步云梯至峰巅。
常恨霾都无隐处,
白云生处好修仙!

注解:城中人常受雾霾侵扰,得闲几家好友相约驱车去大别
山脉郊游。山里空气新鲜,景色宜人,养眼润肺,荡涤身心。走
起路来,脚下生风,山高路险也如平步云梯。立于云端中的山
顶,遥想城中雾霾难散的样子,真是快活似神仙。

游天峡

天降天峡峡连天，
天上银河通人间。
谷深径幽峰挽峰，
三转五湾九叠泉。

注解："天峡"是大别山脉从山顶飞流直下的一条瀑布,其
形状颇像草书的"天"字。游天峡景区,一般都是先乘车到山
顶,而后沿瀑布下行。本诗是通过类似顶真的手法,描绘天峡从
天而降,一路穿山涉谷。

地藏觉

身在三界里，
神往九华山。
大愿度众生，
参禅不修仙！

注解：九华山是中国四大佛教名山，古往今来得到了很多文人墨客人的赞美，是佛教信众的圣地神山。而在众多名山中九华山以拥有菩萨肉身而享誉世界。

九华山金地藏是古代朝鲜新罗国王子金乔觉，于唐玄宗时期来到中国效仿佛陀出家修行，经南陵等地上九华，遂于此山深无人处，择一岩洞栖居修行。金乔觉放弃人间的荣华，在九华山历经磨难，苦苦修行，就像佛教传说中发下了"地狱未空誓不成佛，众生度尽方证菩提"大愿的地藏菩萨一样。身在俗世的我，也深深地被这种精神所感动。

九华赞

二气养芙蓉,
灵山卧云松。
九华三千寺,
都矗彩云中。

注解:九华山是位于皖南的一个山系,山峦绵亘一百多公里,峰峰在云雾缭绕间紧紧相连,山上密布着参天古木、奇花异草,山间名刹林立禅乐悠扬,穿行此间如入仙界。古往今来,她是向佛之人学仙修道的佛教圣地,承载着民间对地藏精神的信仰;她也是文人逸士神往、歌咏的旅游胜地,关于她的优美传说与诗篇广为流传。无论是作为对佛教充满敬意的平民百姓还是诗兴偶发的一介书生,我都难掩对九华山的仰慕和向往,不时幻想自己能够深入山间,汲取灵气,悟求真道。

参观遵义会议旧址有感

只在遵义中，
人去楼不空。
一会定天下，
至今思毛公。

注解："山不在高，有仙则名；水不在深，有龙则灵。"每一个见证过伟人成就大业的建筑遗迹，都可担当这样的美名，更何况是遵义会议的旧址。遵义会议确立了毛泽东的领导地位，在中国的党、军及革命史上都起到了重大的转折作用。

黄果树大瀑布

隔山闻钟声，
近流雨蒙蒙。
白水连天远，
居高气自宏。

注解:黄果树大瀑布闻名天下肇始于徐霞客的记载,其水势浩大,声如洪钟,隔山能闻,瀑布也很高,落水如练,形成水雾,近观如蒙蒙细雨。我不免想,瀑布的气势恢宏是仰赖于它的高,连天一般高,而人何尝不是如此? 那些高人、德高望重者亦是源于他们品格高尚,唯此才能挥洒自如,赢得声誉和尊重。

日照观海

云淡潮汐静，
天近白欧斜。
沧海映红日，
银浪梳金沙。

　　注解:去日照时住在近海的一家酒店,深夜能听到波涛汹涌
澎湃的声音。清晨起来,看到潮水退去,大海平静下来,蔚蓝的
海面上红日初升,白鸥低翔,而海浪正轻轻涌来,梳理着金黄的
沙滩,天地间一派静谧和谐。

姑苏台

姑苏台上看姑苏，
只笑越王不丈夫。
浣纱溪头空流水，
舍得西施赚得吴。

　　注解：记忆中，越王勾践卧薪尝胆历来被当成一个励志故事
广为传诵，但是成年之后再看，勾践为了达到自己的目的，卧薪
尝胆，甚至去吃别人的屎！如此不择手段、无底线、无人格、无尊
严地作践自己还不算，还把西施这样一位绝世美人当作玩物送
与仇家。就算西施是个普通的民女，她的命运也不应该这样随
意地被摆弄啊。作践自己的人格，玩弄他人的命运，如此无耻之
人怎么能够成为世人学习的榜样呢？

游橘子洲

湘江最宜是寒秋，
层林尽染橘子洲。
少年风华今犹在，
风流更胜湘水流。

注释:深秋季节游览长沙的橘子洲,看着滔滔的湘江水,不
禁想起了毛泽东的《沁园春·长沙》,仿佛当年那个挥斥方遒、
风华正茂的热血青年依然站在橘子洲头指点江山、激扬文字。

游秋浦河三首

（一）

秋游秋浦河，
风清云婆娑。
千年共秋水，
长流醉仙歌。

（二）

秋浦几度秋，
秋秋使人愁。
白发三千丈，
都付秋水流。

（三）

我今秋浦游，
问君几多愁？
寄此秋浦水，
还酹一樽酒。

注解:站在秋浦河旁仿佛能感受到千年之前诗仙李白的愁情与诗意一直随着秋浦河的水静静地流淌。借着秋浦河的水敬上一杯酒,想让自己能与千年之前的"仙人"来一次心灵上的感应。

辑五　诗寄友人

王盛来合肥与众同学欢聚

京都来狂客，
王盛最多情。
重返十八岁，
点醉庐州城。

注解：王盛是我的高中同学，少年时我们就无话不谈。而数年后他每次从京城来到合肥，酒过三巡后，我们仍无话不谈，只是所谈内容已不再局限于天真少年时的话题，我们不仅聊当年错过的女神，也聊对时事的见解，聊不曾相见的时光里，各自经历的那些乐与忧，俨然未有时空之隔。

高中同窗二十年聚会

(一)

前世修来今生缘，
同窗共读整三年。
仗剑天涯再聚首，
举杯痛饮尽欢言！

(二)

二十年来少年梦，
今日举杯喜相逢。
乡音无改鬓未衰，
只是情深义更浓！

注解:高中毕业二十年同学聚会,已散落在五湖四海的昔日伙伴齐聚家乡。几天的吃喝玩乐欢声笑语间,更清晰地看到我们已经走过人生上半场,回望来路方知校园生活的纯净,经过洗礼更感同窗情谊的可贵。而二十年的旅途,也让我们各自从对方身上看到人生长跑决胜的关键因素是哪些,从而得以互相借鉴,取长补短。唯愿来路漫漫,同学长相携,情谊更绵长。

戊戌初春与同窗好友相聚庐州

金樽玉液戏流觞，
十万言语忆同窗。
恣意狂饮君莫笑，
酒少焉能叙情长?

注解:每逢开春,古人有曲水流觞的雅趣,而今日与崔晓雷、刘梅梅、蔡磊、邹翔、李森、江洪波、宋子玉等好友相聚亦不用拘泥于应酬场合的各种规矩,大家总能把酒言欢,只是千言万语道不尽对往事的美好回忆,在美酒的催化下,歌声、笑声更是不绝于耳。在这种欢乐的氛围中,又怎能过分计较酒量呢? 就让美酒伴着浓浓的同窗情谊恣意蔓延,尽享欢乐吧。

金子龙老师赠诗集

吾师心切切，
谆谆解吾诗。
幸得先生作，
长谢金夫子！

注解：时隔多年，我在探望高中英语老师金子龙老师时才意外知悉，我们的英语原来是一位造诣颇深的作家教的。当翻阅他出版的大量古体诗集、散文随笔，同为想借文字来传达心声的我钦佩不已。多么幸运，低调、严谨的金老师加了我的微信，时常浏览我的诗文，每每会在半夜发来信息进行点评，平时也会和我探讨为文之道，并列出他认为有价值的书单供我参考。近日，他给我寄来了他的大作，令我格外感动。

正值父亲节苏嘉海外归来与晓雷等老友相聚

恰如岁月静好
正值青春未老
男人当过节
不枉世间一朝
进酒　进酒
老友素衣逍遥

注解:拟【如梦令】新韵。苏嘉是同学中为数不多的到海外从事研究工作的科学界人士。这次他从美国回来正逢父亲节,我、晓雷等老友携妻带子陪他吃饭。席间,酒店送了几位男士一人一把扇子作为父亲节礼物。此举让这次原本平淡的发小聚会,油然激发出男同胞们已经成家立业,为人夫、为人父的自豪感和责任感。

杨超兄弟赠天山雪莲有感

遥想天边有天山,
天山顶上藏花仙。
万里疆域寄深情,
送来雪莲到人间。

注解:"万物有灵且美",活泼的生命完全无须借助魔法,便能对我们述说至美至真的故事。大自然的真实面貌,比起诗人所能描摹的境界,更要美上千百倍。朋友从新疆给我寄来了天山雪莲,这种植物能在冰天雪地的天山之巅生长并且开出花朵,不愧为花中仙子,一定是大自然赋予了它超乎寻常的灵气。

清明忆故人

清明时节雨不休，
山花难掩追思愁。
亦师亦友二尊者，
假借春风去西游。

注解：我曾有过两位忘年交——一位是我爱人的祖父，一位
是我的邻居。祖父逢我回去必邀我喝酒，且相谈甚欢，邻居则与
我们亲如一家，走动频繁，不遗余力教给我很多做人做事的道
理。清明前，二位老人相继离世，我悲痛万分，不肯相信他们已
经往生。

悼孟雨

君生真且挚，
义重尊容慈。
但恨君行早，
天有不公时。

注解：结识孟雨处长为时不久，但这位身材伟岸、性格豪爽、平易近人的曾经的军人、飞行员，着实以他真实坦率的性格、兄长般的领导风格令我折服。孰料天妒英才，孟雨兄在其55岁的大好年华因公牺牲于出差途中，我哀伤之余，以此小诗悼念这位故友，以告慰其在天之灵。

饮贾湖酒后赠子玉兄

我入贾湖中，
酒海泛舟行。
开坛十里香，
都是中原情。

注解：老友相聚，子玉兄作为河南省一酒企的老总，拿来了他们企业自己生产的"贾湖"牌美酒，供大家品尝。开瓶后酒香四溢，大家相饮甚欢。席间子玉兄还介绍了中原的酒文化以及"酒海"的文化等。酒后兴致大发，赋小诗一首。

赠汪洋

浓香漂海来，
见酒思容音。
一片汪洋情，
都是故人心。

注释:汪洋是我的高中同窗好友,毕业二十余年都未曾见面,他在墨西哥工作时,给我邮寄了两瓶墨西哥的龙舌兰酒。见物思人,借诗言情。

辑六　读书杂想

夜读冯小青《读〈牡丹亭〉绝句》诗二首

（一）

孤山徒留豆蔻魂，
芳华卓然世不平。
怨妇愚汉何足齿？
十万不配祭小青！

（二）

西泠先解《红楼梦》，
粉身再续《牡丹亭》。
无须考古推事理，
黛玉就是冯小青。

注解：个人认为，杜丽娘、崔莺莺、林黛玉、祝英台，这些传诵至今的古代佳人的出身背景、所追求的爱情和反叛个性等等都大致相像，但她们无一例外是故事中人。冯小青和她们一样用生命演绎了一位"弱女子"对封建婚姻制度的不满、对美好爱情的向往，不一样的是，她存在于现实当中，因而更应成为千古佳话，流芳百世。

东坡赞

乌台炼狱深，
黄州养精神。
肯下东坡苦，
千古一圣人。

注解：生命中经历的所有挫折和伤痛，都是为了磨砺、造就你，就像孙悟空意外地在老君炉里炼成了火眼金睛一样。于苏东坡来说，乌台诗案也是他开启蜕变之旅的一次炼狱。自诗案后，他被到处流放，从偏远到蛮荒，生存环境愈益艰苦恶劣，而他在颠沛流离中始终保持乐观和热忱，生活从不失自在，诗艺日臻纯熟，终于修炼成万世不朽的圣人。

读《苏东坡传》有感

结发读书只为官,为官不得半日闲。
冷眉奸佞历千劫,造福百姓经万难。
一生颠沛满高朋,四海流离广结缘。
人间长留诗书画,何时文曲再下凡?

注解:苏东坡对他的弟弟子由说过:"吾上可陪玉皇大帝,下可陪卑田院乞儿。眼前见天下无一不好人。"这大概是对他自己最好的描述。他一生无论身居何处、境遇如何,始终无所畏惧,安享当下,过得如清风般自在快乐,其日臻化境的诗画也完美流露出他历经苦难亦超然物外的豁达天性。有人说,苏东坡的一生在深度和广度上都达到了极限,史上这样的生命个体绝无仅有,堪称文曲星下凡,令人高山仰止心向往之,希望几度轮回他能再回人间。

品《诗经》

品读《诗经》，撼之我心。
梦回上古，融之我身。
情传于草木、鸟兽、河川之万物，
意发于日月、风云、雷电之百态。
世俗民风，男欢女爱。
少言而无华，情真而意切。
夫大美莫过于真，
文之大真者莫过于《诗经》也！
无修无饰真性情，
有声有色人间爱。
赞天下美文，无愧于诗之经典也！

注解："万物之始，大道至简，衍化至繁。""返璞归真，方为自然。"这说法尤其适用于文字。简不是指物质的贫乏，而是指精神的自在；简也不是指生命的空虚，而是指心灵的单纯。作为中国诗歌的开端，《诗经》以极简洁的文字再现了古代人们简单、真实而自然的生活面貌和精神状态。

端午思屈子

又闻粽米香，
我思屈夫子。
才情垂千古，
何惧身先死！

　　注解：千百年来，每逢端午时节，龙舟浩荡，粽米飘香，对屈原的怀念如期袭上后人心头。众所周知，屈原之所以被后世追思，是源于他光耀千古的才华和气节。以我之见，做人倘能如此，死不足惧。

静夜思李白

风清月朗夜，
把酒与谁吟？
同解杯中味，
相邀谪仙人。

注解：杯中之物的好大约只有同好才解个中三昧。当酒醉
不被理解甚至被误解为颓废的酒鬼时，我常遐思逸想，喝酒当找
李白同饮，这样既有望把酒的"真味"品出来，也是想以酒为媒，
跟古代圣贤来一次穿越时空的灵性对话吧。

说李白

白也自恃才，
诗文有牢骚。
攀龙附凤心常在，
摧眉折腰自有时。
身间常佩三尺剑，
何不自辟用武地？
谪仙人　酌酒隐，
饮者斗酒诗百篇，
自洒才情在人间！
不是英雄不佩剑，
莫贪其位谋其政。
文章岂可指江山？
南唐李煜更何堪？
君不见古来才人万首诗，
几人能及毛润之？
谪仙人　酌酒隐，
气大易伤身。

注解:举凡能以才华名垂千古的人杰,往往也怀着远大的政治抱负。自隋之后,有不少人通过科考入仕一展宏图。而身为华夏史上极佳诗人之一的李白偏不肯参加科考,他从"隐居"终南山开始谋求获得权贵青睐的机会,自信能因才华被赏识、重用,进而实现报国济民的梦想。但不无讽刺的是,他虽经此捷径一路走到了皇帝身边,官至翰林,最终却还是四处被排挤,报国无望,郁郁而终。以我之见,集世间之灵气于一身的李白也许并不具备经世治国的雄才大略,与其摧眉折腰事权贵去追逐功名,不如安心做一个逸人高士,于山林乡间吟啸徐行、自由自在,岂不是更好的选择?

读《李太白集》有感

醉眼看世界，
诗意写乾坤。
才情盖媚骨，
千古太白君。

注解：李白的诗才可比文曲星下凡，他本可以只凭文章成就一个名垂千古的诗意人生，但终生都在孜孜以求政治上的建树。一生无果，一生郁郁。人一旦想实现政治抱负，难免偶有阿谀献媚之举，这些举动多半令人不齿，但经由李白的诗情展示出来，几可让人忽略掉它原本是为献媚而生了。

读李白《赠从兄襄阳少府皓》有感

白也真情趣，
乞讨也成诗！
三分无赖气，
秉性最真实。

注解：作为天才诗人，沦落到需要接济才能生存的落魄窘境，犹可以写诗抒意，是李白无论何时何地都不失真性情的一种体现。从"结发未识事"的自我反省，到"吾兄青云士"的赞扬，再到最后"棣华倘不接，甘与秋草同"的无赖气息，都能透露出李白的真情真性。

读李白《临路歌》有感

前无古人怜,
当世不识君。
大鹏西飞尽,
诗情满乾坤!

　　注解:一代诗仙,大鹏折翅,扶桑挂袂,一生壮志未酬。临终前长歌当哭,李白对人生的无比眷恋和未能才尽其用的沉痛、遗憾之情,读来悲怆感扑面,令人扼腕。

问

先生豪情一问天，
上下求索三千年。
我今举杯问屈子，
人世可有真答案？

    注释：两千多年前的屈原在面对现实社会的种种矛盾时，始终不肯放弃对真理的求索，最终求之不得，愤而投江，但其追求真理的精神永存世间。今天，又值端午佳节，有多少人还在思考，当今社会房价、教育、医疗等等民生问题又该如何解决呢，救市良药存在吗？

后　记

　　这本书是我的"处女作"，出版时我即将行至不惑之年。

　　然而，出书于我完全是意外之事，此事说来话长。

　　熟悉我的人都知道，我从小就是一个"球痞子"，以和一帮人驰骋在运动场上为平生至乐，而写诗则需要静坐独处。很多人就纳闷了，他怎么就跟诗扯上了关系，并且还准备出诗集了呢？

　　这事得从我女儿说起。"球痞子"生了个爱读书的女儿，从上小学起她要求我每晚睡前给她讲一首古诗，我满口应承，但毕竟腹中诗书有限，所藏精华诗篇很快就被挖掘一空。不过这难不倒我，记不住名家大作我可以自己编嘛。一时间，我编得不亦乐乎，女儿听得津津有味。看她那么喜欢，我就顺手发到了朋友圈里，关注者日众，众说纷纭。

　　拙荆在单位被人家礼貌地尊称为夏主任。夏主任对我的生活照顾的可谓无微不至，同时对有些事也是三令五申——她非常反对我在家里喝酒。无酒不欢之人为了小酌几杯常要绞尽脑汁，三两杯下肚就现出话痨本色，夏主任倒也乐得倾听，因为我酒后居然爱谈诗，有时候是讲自己写的诗，有时候也讲古人的诗。夏主任听得入神之际还不忘记喊女儿："快过来快过来，你爸又开始讲诗了。"这不仅成为我在家喝酒的撒手锏，也让我谈起或写起诗来更加陶陶然。

我写诗的出发点确实如此简单，然而写着写着就引发了一系列质的变化。我是从事科技创新服务工作的，就科学技术而言，我觉得人类始终崇尚其发展创新，并借此取得了今非昔比的巨大进步。可是就文化艺术来说，国人一直以来都保存着一种"尚古"精神，尤其是诗词，已经成了写在中国人血液里的东西，从牙牙学语的孩童到目不识丁的老妪都能顺口吟上几句古诗。古诗词在体现汉字意韵之丰富、音律之灵动的同时，也昭示出古代先贤的智慧、记录着每个时代的美。让我辈人对能够汲取其精华生出无限向往，这正是我偏爱古体诗的理由。

同时我觉得诗作为一种艺术形式也同科学技术一样，是在随着时代的发展而发展的。正如朱光潜先生所说："宇宙生命时时刻刻在变动进展中，这种变动进展的过程中每一时每一境都是个别的，新鲜的，有趣的。所谓'诗'并无深文奥义，它只是在人生世相中见出某一点特别新鲜有趣而把它描绘出来。"鉴于历史上曾出现过那么多诗歌形式，且每一种形式都异彩纷呈，说明每一个时代的人们大都用不同的形式成功记录和展示了相应时代的美，也说明体裁和形式是需要在传承中创新，以符合人们的实际运用需求的。这等于说，体裁与形式相对而言没那么举足轻重，只要能体现美，人们就会喜欢，诗歌就会被传诵。

我的这本集子里所收录的诗，大都采用了古体诗的形式，但多半不是严格按照古体诗格式上的要求创作的。我是比较随性的人，无非想用古体诗的形式，加之适合现代人阅读的音律和节奏说出我想说的话。总之，我写的就是现代人能看懂、符合现代人口味的古体诗，或者说是用传承的经典做瓶子，装上我新酿的酒。

林语堂先生说，诗歌在中国已经代替了宗教的作用。诗歌教会了中国人一种生活观念，通过谚语和诗卷深切地渗入社会，给予他们一种悲天悯人的意识，使他们对大自然寄予无限的深情，并用一种艺术的眼光来看待人生。我不敢说自己的诗歌能够抵达这种境界，但在几年写诗的过程中，我逐渐自觉地将视野放宽到古往今来、春夏秋冬的人间万象。力争有所见、有所思、有所悟后再下笔，希望我笔下所涉的一切不但要有灵魂还要有趣，能使自己超然在这个辛苦劳作和单调无聊的世界之上。这个愿望是逐步升华出来的，而我一直在勉力将其变成现实。同时也想像朱光潜先生所说的，趣味是对于生命的彻悟和留恋，生命时时刻刻都在进展和创化，趣味也就要时时刻刻进展和创化。水停蓄不流便腐化，趣味也是如此。我也希望自己能做个生活中有趣的人，也更希望读者朋友们能从我的诗中读出几分生活的趣味来。

很荣幸，我这些拙作获得了专业人士的认可，沈喜阳老师评价说我有一颗"诗心"，也有方家称赞我的"诗思"很好。而仅长我一岁的小静姐在得知我打算将它们结集出版时，为免除我对自己实力不足的顾虑，同意亲自操刀，为每首诗加上注解。李小静是我的高中同学，也是我们学校当年公认的才女，大学毕业后在媒体界从事编辑记者工作，颇得业界和同道赏识，但后来还是出于恬淡安逸的天性，回归家庭，此次为我出书的事提笔助阵，令我倍受鼓舞，也很感动。

诗集付梓对我来说无论如何也算得上是一件大事，按照传统惯例总得表达感谢，除了上文重点提及的那些人，还有就是我微信朋友圈里的朋友们，一直以来点赞、吐槽、打趣或是默默关注的兄弟姐妹们。这些人都是我创作的原动力，他们也见证了我每一步的成长，在此，一并说声谢谢，我心目中的幕后英雄们！

　　最后，我还想用一首小诗表达一下我对这本册子寄予的希望。

一个人　一本书　一段梦

读一本书　识一个人

品一段风花雪月的梦

和写在灵魂里的性情

每个生命都是一首诗

生命无痕诗有情

一起走吧

背起简单的行囊

带着丰盛的灵魂

乘风载月　把酒而行

一路风景入画意

做一段有趣的梦

不枉此生！